A. Van Beek, Cornelius A

Observations thermo-électriques sur l'élévation de température des fleurs de Colocasia odora

outlook

A. Van Beek, Cornelius Adrian Bergsma

Observations thermo-électriques sur l'élévation de température des fleurs de Colocasia odora

Réimpression inchangée de l'édition originale de 1838.

1ère édition 2024 | ISBN: 978-3-38509-256-3

Verlag (Éditeur): Outlook Verlag GmbH, Zeilweg 44, 60439 Frankfurt, Deutschland
Vertretungsberechtigt (Représentant autorisé): E. Roepke, Zeilweg 44, 60439 Frankfurt, Deutschland
Druck (Imprimerie): Libri Plureos GmbH, Friedensallee 273, 22763 Hamburg, Deutschland

OBSERVATIONS THERMO-ÉLECTRIQUES

SUR

L'ÉLÉVATION DE TEMPÉRATURE DES FLEURS

DE

COLOCASIA ODORA,

PAR

Albert

A. VAN BEEK,

MEMBRE DE L'INSTITUT DES PAYS-BAS, ETC.

ET

Cornelius Adrian

C. A. BERGSMA,

DOCTEUR EN SCIENCES PHYSIQUES ET NATURELLES ET EN MÉDECINE, MEMBRE DE LA SOCIÉTÉ PROVINCIALE
DES ARTS ET SCIENCES D'UTRECHT, MEMBRE CONSULTANT DE LA SOCIÉTÉ BATAVE DE ROTTERDAM,
MEMBRE HONORAIRE DE LA SOCIÉTÉ FELIX MERITIS A AMSTERDAM ET DE LA SOCIÉTÉ DE
PHYSIQUE ET D'HISTOIRE NATURELLE DE GRONINGUE, MEMBRE CORRESPONDANT DE LA SOCIÉTÉ
D'AGRICULTURE EXPÉRIMENTALE EN FRISE, PROFESSEUR DE BOTANIQUE ET D'ÉCONOMIE
RURALE A L'UNIVERSITÉ ET DIRECTEUR DU JARDIN BOTANIQUE D'UTRECHT.

AVEC UNE PLANCHE LITHOGRAPHIÉE.

UTRECHT,

CHEZ ROBERT NATAN.

1838.

Une connaissance exacte de la température intérieure des corps vivants organisés a exercé de tout temps la sagacité des physiciens et des naturalistes. Jusqu'à nos jours la physique n'offrait que de faibles moyens de satisfaire à ce besoin des physiologues.

Des thermomètres sensibles furent introduits dans les parties intérieures des corps, dont on voulait explorer la température, mais on ne pût y parvenir sans blesser des organes délicats. Ces blessures produisaient souvent un état d'irritation et même d'inflammation, qui pouvaient conduire à de faux résultats, lors même qu'on se servait de thermomètres de la plus petite dimension, dont l'emploi en outre était accompagné d'autres inconvéniens.

Les découvertes thermo-électriques de nos jours ont ouverts une nouvelle carrière à ces recherches; combinés avec l'acupuncture, depuis longtems en usage dans l'Orient, elles firent naître l'idée de la construction de ces appareils ingénieux, dont se servirent MM. Becquerel et Breschet dans leurs recherches physiologiques.

Des aiguilles très fines, composées de deux métaux soudés en un point, furent introduites dans l'intérieur des corps, sans blesser les organes les plus délicats; réunies ensuite avec un galvanomètre sensible, elles fournirent à ces savans les moyens d'explorer la température des parties intérieures, et de déterminer la chaleur rélative du sang veineux et du sang artériel.

Les expériences de ces physiciens distingués, qui attestent à la fois de leur génie et de leur patience, promettent des résultats importants pour la physiologie.

1 *

Le cabinet de physique de l'université d'Utrecht, fut enrichi l'été dernier d'un galvanomètre, exécuté par M. Gourjon à Paris, parfaitement adapté à ces sortes d'expériences. Ayant acquis en outre, par l'intermède officieux de M. Becquerel, les aiguilles physiologiques, dont il se servit dans ses expériences avec M. Breschet, nous entrevîmes d'abord de quelle importance il serait pour la physiologie végétale, de faire avec ces appareils des expériences sur la chaleur propre des plantes, et surtout d'examiner le fait toujours contesté d'une augmentation de chaleur dans les fleurs des Aroidées.

Depuis Lamarck, qui le premier signala ce phénomène en 1789 sur l'*Arum italicum*, plusieurs autres naturalistes, savoir MM. Senebier, Desfontaines, Gmelin, Hubert, Th. de Saussure, Plesnig, Schultz, de Candolle, Goeppert, Ad. Brougniart, G. Vrolik et W. H. de Vriese, ont observé le même fait, qui fut cependant contesté dans ces derniers temps par M. Treviranus (1), dont les expériences ne semblent pas mériter assez de confiance, vû la méthode qu'il a suivi pour observer le dégagement de chaleur, qui consistait principalement à appliquer les lèvres et la pointe de la langue sur les spadices des Aroidées. Un thermomètre placé dans la partie inférieure de la spathe indiquait bien quelque élévation de température, mais il attribue cette chaleur à des causes accidentelles. M. Schübler semble aussi avoir nié ce fait.

M. Raispail (2), a attaqué ces expériences d'une autre manière, il ne nie nullement le fait de l'augmentation de température dans le spadice de *Colocasia odora*, mais il pense que tous les observateurs se sont trompés quant à la vraie cause de cette chaleur, qui selon lui, n'est pas produite par les fonctions vitales de la plante, durant la fleuraison, mais seulement par les rayons calorifiques réfléchis par la spathe sur le spadice, qu'elle entoure. Ce phénomene serait donc purement physique, analogue à l'expérience connue d'un thermomètre placé au foyer d'un miroir parabolique, qui en réfléchissant les rayons calorifiques les rassemble dans un point.

(1) Zeitschrift für Physiologie von F. Tiedemann, G. R. Treviranus und L. C. Treviranus. III Band. s. 265.
(2) Nouveau système de physiologie végétale et de botanique. Paris 1837. Tom. II. p. 221.

La forme connue de la spathe des fleurs de *Colocasia odora*, semble en effet favorable à cette opinion, qu'il tâchait de confirmer par des expériences ingénieuses. Ayant imité la forme de la spathe de ces fleurs par des cornets de papier, de soie et d'autres matières, il plaçait au milieu d'eux des thermomètres sensibles, à peu près comme le spadice de *Colocasia odora* se trouve dans la spathe.

Ces appareils, en réfléchissant les rayons calorifiques, firent d'abord monter les thermomètres de quelques degrés, et des observations continuées pendant plusieurs jours, lui donnèrent à peu près les mêmes périodes journalières d'augmentation et de diminution de température, qui furent observées jusqu'à ce temps dans les fleurs de *Colocasia odora* par les naturalistes.

Selon M. Raispail ces expériences sont décisives, et il ne lui reste aucun doute sur la cause physique de la chaleur observée.

Cependant M. Raispail ne semble pas avoir remarqué que sa théorie, quelqu'ingénieuse et probable qu'elle soit au premier abord, se trouvait déjà entièrement refutée par un fait cité par MM. Vrolik et de Vriese, dans la rélation de leurs expériences intéressantes (1); savoir, que d'un spadice de *Colocasia odora*, qui donnait une différence maximum de 16° Fahr., on avait retranché durant les expériences la spathe, pour pouvoir mieux appliquer les thermomètres.

Nous résolumes de profiter de la première occasion, qui se présenterait, pour répéter ces expériences avec notre appareil, afin d'examiner le phénomène et d'éclaircir, s'il était possible, les points douteux.

Vers la fin de l'automne de l'année passée 1837, nous avions déjà introduit une de nos aiguilles dans le spadice d'une *Colocasia odora*, dont la spathe était encore fermée.

Les fleurs cependant n'étant pas encore assez développées et la plante ayant souffert, à cause de la saison avancée, par le transport de la serre chaude dans le local destiné aux expériences, nous vîmes nos espérances déçues, la spathe ne se développa plus et nous fûmes obligés d'ajourner nos expériences.

---

(1) Tijdschrift voor natuurlijke geschiedenis en physiologie, Deel II, bl. 296.

La première occasion qui se présenta, fut au commencement de Septembre de cette année 1838.

Une belle et vigoureuse *Colocasia odora*, qui avait déjà produit pendant cet été trois spadices, en développait un quatrième, qui fut destiné aux expériences. La tige de cette plante avait une hauteur de 84 centim., elle portait quatre feuilles bien dévéloppées, dont la plus grande présentait une surface de 18 décim. □, les pétioles avaient la longueur d'environ 1 mètre. Le 2 Sept. 1838 l'odeur des fleurs se fit déjà remarquer dans la serre. Le 3 Sept. elle était parfaitement épanouie, et la plante fut transportée l'après-midi dans un cabinet du jardin botanique, où l'on put commodément placer et observer les instrumens, et en même tems se garantir des rayons directs du soleil.

Voulant éviter autant que possible de nuire au spadice de cette plante, nous résolumes de faire nos expériences avec les aiguilles, dont s'étaient servi MM. Becquerel et Breschet, dans leurs recherches sur la température rélative du sang veineux et du sang artériel. Ces aiguilles sont composées d'un fil de platine et d'un autre d'acier, soudés ensemble par une pointe excessivement fine, mais ne se touchant nulle part ailleurs, et séparés l'un de l'autre dans la proximité de cette pointe par un morceau d'ivoire, qui comme conducteur imparfait de la chaleur, sert en même tems à diriger l'aiguille. Les deux bouts de cette aiguille furent réunis au galvanomètre par deux fils de cuivre, couverts de soie. La longueur totale des fils conducteurs, à partir de la pointe soudée de l'aiguille jusqu'au pied du galvanomètre était de 2^{m}91.

Cet instrument se trouvait placé sur un pied solide de bois, dans le cabinet pavé en carreaux, condition necessaire pour l'immobilité de l'appareil et indispensable dans ces sortes d'expériences.

L'aiguille thermo-électrique fut fixée par son appendice d'ivoire dans une position horizontale à une perche de bois, placée dans le vase, à côté de la plante; de cette manière, en attirant au moyen d'une ficelle, le pédoncule vers la perche, on pouvait facilement introduire la pointe soudée de l'aiguille, dans telle partie du spadice que l'on jugerait à propos, et l'y laisser en place, aussi longtems que l'on voudrait.

Les bouts des fils conducteurs de cuivre, furent au surplus attachés avec de la ficelle aux pétioles de la plante pour les soutenir, afin d'assurer ainsi l'effet continu de l'appareil pendant les expériences. Un thermomètre indiquait la température de l'appartement, un autre celle de l'air extérieur dans l'ombre.

Des rideaux et des écrans garantissaient le cabinet et nos instrumens de l'action directe des rayons solaires, sans cependant exclure toute lumière, afin que la plante se trouvât le moins possible gênée dans ses fonctions vitales. Nous avions ainsi l'avantage de pouvoir aisément observer les déviations de l'aiguille aimantée sans avoir à craindre que notre présence immédiate put exercer la moindre influence sur les résultats, ce qui constitue souvent une grande difficulté dans l'emploi de thermomètres lorsqu'on se livre à ces sortes d'expériences; par ces dispositions, nous pûmes donc faire nos observations de la manière la plus sûre.

Le premier jour, le 4 Sept., ayant vérifié le point zéro du galvanomètre, et introduit la pointe soudée de l'aiguille dans le spadice Fig. I et II α, nous fimes les observations contenues dans la quatrième colonne du tableau A.

Par l'accroissement prodigieux de la plante pendant ce premier jour, l'aiguille avait perdu le lendemain sa position horizontale, nous résolumes alors, craignant l'interruption du contact, de déplacer l'aiguille. Fig. I et II β. Ce second jour, le 5 Septembre, nous avons fait les observations contenues dans la quatrième colonne du tableau B.

Pendant ces deux jours les fleurs exhalaient une forte odeur. L'émission du pollen, qui avait déjà commencé le premier jour, avant midi, fut encore observée.

Après ces deux jours d'expériences, qui nous avaient donné deux périodes d'augmentation et de diminution de température très remarquables, nous résolumes de ne pas attendre une troisième période, qui selon toute apparence se serait présentée le jour suivant, mais après avoir coupé le spadice, pour la dissection, nous nous occupâmes le 6 Septembre, à faire les observations nécessaires, pour la réduction des déviations observées de l'aiguille aimantée en degrés du thermomètre centigrade afin de connaître le maximum d'augmentation de chaleur, que donnaient nos observations, et de pouvoir les comparer avec celles des observateurs précédens.

Pour atteindre ce but, il fallut opérer dans des circonstances autant que possible identiques à celles des expériences du 4 et du 5 Septembre.

Les fils conducteurs et tout l'appareil restant les mêmes et en place, le point de soudure de l'aiguille, qui avait servi aux expériences, devoit être placé de la même manière dans un autre corps de température connue et assez élevée, pour pouvoir reproduire toutes les déviations de l'aiguille aimantée déjà observées.

Un tube de verre, enveloppé de laine, et rempli d'eau chaude, dans laquelle fut placé un thermomètre, ne satisfit nullement; le thermomètre indiquait bien la chaleur de l'eau dans le tube, mais non celle de l'enveloppe de laine, dans laquelle se trouvait la pointe soudée de l'aiguille, la marche de l'aiguille aimantée fut d'ailleurs beaucoup trop irrégulière et indécise, pour donner lieu à de bonnes observations.

Nous réussimes parfaitement, lorsqu'au lieu de cet appareil, nous primes un cylindre de carton de 34 centim. de longueur, sur 2 centim. environ de diamètre, revêtu intérieurement de laine, dans lequel nous placions un thermomètre. Les choses étant ainsi disposées le cylindre fut rempli de sable échauffé. A la hauteur de la boule du thermomètre, ce cylindre fut aminci, de sorte qu'il n'en restait que la doublure de laine. C'est là que nous avons introduit le point soudé de notre aiguille, qui touchait ainsi le sable échauffé tout près de la boule du thermomètre, qui en était entourée de toute part. Le papier et la doublure de laine nous servirent à conserver assez longtems la chaleur du sable, pour faire descendre lentement le thermomètre. Pour assimiler autant que possible toutes les circonstances dans nos expériences, le cylindre de carton fut attaché verticalement à une perche de bois, à la même hauteur et à la même place, où s'était trouvé le spadice, qui avait servi à nos expériences.

Le maximum de déviation de l'aiguille aimantée ainsi obtenu surpassait de plusieurs degrés celui de nos expériences et la baisse régulière du thermomètre, par le réfroidissement progressif du sable, fit reculer l'aiguille aimantée si lentement, que l'on pouvait déterminer de la manière la plus précise, pour chaque degré de déviation, les températures correspondantes.

On trouve ces expériences consignées dans le tableau C, et c'est au moyen de ces données que nous avons fait les réductions des déviations observées, en degrés de température du thermomètre centigrade, qu'on trouve dans les cinquièmes et sixièmes colonnes des tableaux *A* et *B*.

Comme nous nous étions proposé dans nos expériences, d'examiner scrupuleusement, la théorie de M. Raispail, nous avions non seulement pris soin d'empecher l'accès des rayons solaires dans le cabinet, qui n'a qu'une seule fenêtre, et dont les parois sont tendues de papier gris, mais nous avions placé d'ailleurs la plante de telle manière que l'ouverture de la spathe se trouvait détournée de la fenêtre, pendant toutes nos expériences.

Afin de prévenir toute objection, nous plaçâmes, dès le soir du premier jour, un écran de papier noir terne devant l'ouverture de la spathe, de sorte que toute réflexion de rayons lumineux ou calorifiques des parois de l'appartement dans l'intérieur de la spathe était impossible. Les expériences du second jour ne s'en ressentirent nullement. Après quelques observations et pendant que les rayons du soleil furent introduits dans la chambre, nous retirâmes l'écran noir; la déviation de l'aiguille aimantée n'indiqua pas même la plus légère augmentation de température du spadice.

D'après tout ce que nous avons vu, il ne nous est pas resté le moindre doute à ce sujet. Le foyer de chaleur réside décidemment dans le spadice même, qui l'entretient par ses fonctions vitales. Les naturalistes qui ont précédemment observé ce phénomène ne se sont pas trompé, et M. Raspail a tort.

Nos tableaux d'observations montrent évidemment deux périodes journalières d'augmentation et de diminution de température du spadice, et l'on voit que le maximum de différence de température du spadice avec l'air ambiant, est arrivé pendant les deux jours presque à la même heure, savoir à 3^h et $3^h\frac{1}{2}$ après-midi. Ce maximum montait le 5 Septembre, jusqu'à 22° centigr., le spadice ayant acquis à cette époque la température énorme de 43° centigr., tandis que l'air ambiant n'avait que 21°.

Un aussi grand excès de température dans les fleurs des Aroidées, n'avait été jusqu'ici observé par aucun des observateurs précédens dans les climats tempérés.

— 8 —

Les observations de M. Brongniart ont donné un maximum de 11° centigr. Celles de MM. Vrolik et de Vriese de 10° centigr. Le maximum de nos expériences parait seulement être surpassé dans le climat très chaud de l'Ile Bourbon, où selon le récit de M. Bory de St. Vincent, M. Hubert a observé dans les fleurs d'un *Arum cordifolium?* un excès de température de 25° Reaum. sur la température de l'air ambiant (1).

La végétation vigoureuse de notre plante peut sans doute avoir contribué à ce résultat, mais il nous parait que nous devons en attribuer la cause principale à la supériorité de notre appareil thermoscopique sur les thermomètres ordinaires, dont on avait fait usage jusqu'ici dans ces sortes d'expériences.

Le contact d'une boule de thermomètre avec le spadice, quand même cet instrument est appliqué avec le plus grand soin, ne peut être aussi intime que celui de la pointe soudée très fine d'une aiguille, qui pénètre dans la substance du spadice presque sans le blesser. On voit dans la rélation des expériences de MM. Vrolik et de Vriese, l'effet perturbateur de l'effusion des sucs de la plante, par les blessures inévitables, quand il s'agissait de faire pénétrer les boules des thermomètres dans l'intérieur du spadice.

Dans la Fig. II d'une section du spadice, on voit en α et β les endroits où se trouvait la pointe soudée de l'aiguille pendant ces expériences.

Sur la surface du spadice, autour du point β, nous vîmes quelques petits globules noirs, très luisants; comme ils furent parfaitement solubles dans l'eau, nous pensons qu'ils ont été formés par la gomme de la plante, et que la couleur foncée était due à une légère quantité d'oxide de fer provenant de l'aiguille.

Nous avions choisi la partie supérieure du spadice pour nos expériences, parce que, selon l'opinion commune de nos prédécesseurs c'est là où se manifeste constamment le plus grand degré de chaleur. Cependant nous désirions vérifier ce fait, sur une autre spadice de *Colocasia odora*, et d'examiner en même

(1) J. B. G. Bory de St. Vincent, Voyage dans les grandes iles de la mer d'Afrique, fait en 1801 et 1802. Paris 1804. Tome 2, p. 66-85.

gagement de chaleur dans cette plante avait été plus considérable et avait peut-être atteint son maximum au commencement du jour dès l'épanouissement de la spathe qui eut lieu pendant la nuit. — Mais, les observations faites sur une quatrième *Colocasia odora* dans le but d'éclaircir ce point, le 25 Sept. et commencées du moment même où la spathe s'entr'ouvrait, montrent évidemment qu'il n'en est pas ainsi, mais que la chaleur de cette partie augmentant peu à peu dans la première période de la fleuraison, quand la spathe commence à s'épanouir, constitue une seule grande période de plusieurs jours. On trouve ces résultats dans le tableau *F.*

Si l'opinion de M. Raispail avait encore besoin d'être refutée, nous ferions remarquer la haute température du spadice de notre plante dans la nuit du 20 au 21 Sept., qui fit dévier l'aiguille aimantée de 16°, mais il nous semble suffisamment démontré que ce phénomène, loin d'être pûrement physique, est en rélation intime avec les fonctions vitales de la plante.

Il semble donc resulter de nos expériences :

1°. Que le dégagement de chaleur dans les fleurs de *Colocasia odora* a lieu sur toute la surface visible du spadice, quoiqu'avec une intensité différente dans ses diverses parties (1).

2°. Qu'après l'épanouissement de la spathe, un dégagement considérable de chaleur a lieu dans les fleurs mâles, qui acquièrent une très haute température, de beaucoup plus élevée que celle que l'on observe à cette époque dans les autres parties supérieures du spadice.

3°. Que vers l'époque de l'émission du pollen, une augmentation considérable de chaleur se manifeste subitement dans les fleurs mâles avortées, qui forment le cône charnu ou glanduleux du spadice, tandis que la température des fleurs mâles diminue constamment et approche de plus en plus de celle

---

(1) Quant à la partie du spadice de cette plante, qui reste enfermée dans la spathe et qui contient les fleurs femelles, nous pouvons affirmer, que notre appareil nous a aussi indiqué un dégagement de chaleur dans les fleurs femelles et femelles avortées. (Voy. tableau *F.*) Ce qui fut déjà observé par M. Hubert.

de l'atmosphère. Le dégagement de chaleur de cette partie constitue une seule période de plusieurs jours, celui des fleurs mâles avortées au contraire, offre plusieurs périodes distinctes et journalières, jusqu'au dépérissement de cette partie.

4°. Que le dégagement de chaleur dans chacune de ces diverses périodes est uniforme, et le même sur la surface des fleurs mâles, comme sur celle des fleurs mâles avortées, contrairement à l'opinion émise par quelques savans, qui affirment que la chaleur va en augmentant vers le sommet du spadice (1).

M. de Candolle a cherché la cause de ce dégagement de chaleur dans une sorte de combustion, par la combinaison de l'oxygène de l'atmosphère avec le carbone de la plante (2).

On sait par les expériences de Theod. de Saussure, que le spadice de l'*Arum italicum* absorbe une quantité notable d'oxygène, et que dans cette partie de la plante on observe le même phénomène, que dans les corolles et dans les organes sexuels de plusieurs autres et peut-être de toutes les plantes.

En combinant ces idées avec les expériences de M. Dunal (3), sur la quantité rélative de fécule dans les appendices glanduleux de l'*Arum italicum* avant et après l'émission du pollen, il nous paraît probable que le spadice de *Colocasia odora*

---

(1) La différence de leurs résultats et des nôtres, nous semble devoir être expliquée par la manière d'expérimenter, qu'on avait suivi jusqu'ici.

Il nous paraît fort naturel, que des thermomètres mis en contact avec le spadice, aient indiqué des températures croissantes depuis la base jusqu'au sommet du cône; parce que les thermomètres supérieurs furent exposés non seulement à la haute température de la partie du cône qu'ils touchaient, mais encore aux courans ascendans d'air chaud, provenant des parties inférieures du cône échauffé.

On peut vérifier le fait en prenant un cylindre métallique, échauffé uniformément. Dans la position horizontale plusieurs thermomètres, appliqués en divers points de sa surface, indiqueront des dégrés égaux de température, mais dans la position verticale au contraire, les thermomètres supérieurs indiqueront constamment de plus fortes températures que les thermomètres inférieurs, à cause des courans ascendans d'air chaud, qui ne peuvent agir sur ces derniers.

(2) Physiologie végétale, p. 552.

(3) Considérations sur les organes floraux colorés ou glanduleux. Montpellier 1829. 4°.

absorbe de même l'oxygène de l'air, et que la décomposition de la fécule y a également lieu.

L'oxygène de l'atmosphère nous semble principalement être absorbé, dans la première époque après l'épanouissement de la spathe, par les fleurs mâles, pour y contribuer à la préparation des sucs qui servent au développement du pollen et des organes sexuels. Et cet ainsi qu'on peut expliquer, qu'après la fructification le développement ultérieur de la chaleur diminue dans les fleurs mâles, tandisque dans les fleurs mâles avortées l'action analogue, qui au commencement agit d'une manière lente, augmente considérablement en énergie aussitôt après l'émission du pollen, et continue plus longtemps.

Ce n'est sûrement pas envain que cette partie glanduleuse, qui forme le sommet du spadice de *Colocasia odora*, a reçu un aussi grand développement, elle constitue vraisemblablement l'organe où sont préparés les sucs, qui dans cette époque de la végétation sont encore nécessaires aux fonctions et au développement des fleurs femelles, mais après la fructification complète on voit se flétrir toute la partie visible du spadice avec la partie correspondante de la spathe, comme cela s'observe dans les corolles et les organes sexuels des autres plantes.

Nous avons enfin tâché de profiter de cette occasion, pour examiner scrupuleusement, si au moyen de notre appareil, nous pourrions découvrir quelque chaleur propre dans les autres parties du *Colocasia odora*. Pour ces expériences nous nous sommes servi d'une autre sorte d'aiguilles délicates, formées de cuivre et d'acier, soudées bout-à-bout. Mais soit que nous placions les points de soudure dans les pétioles, ou bien dans les pédoncules, nous n'avons jamais pu découvrir la plus légère trace de chaleur propre: de sorte que vû la sensibilité de notre appareil, qui indique les plus légères différences de température, nous croyons être en droit de conclure, que dans le *Colocasia odora* il n'existe pas de chaleur propre appréciable.

En arrosant la plante, nous avons observé avec la plus grande attention les indications du galvanomètre, mais nous n'avons pu voir la moindre déviation pendant ce moment.

— 14 —

Nous nous proposons de continuer ces recherches, et espérons que d'autres physiciens et naturalistes se serviront également d'appareils thermo-électriques, dont l'application nous semble promettre la solution de questions intéressantes de physiologie végétale.

Tableau A.

Observations du 4 Septembre 1838.

Heures des observations.	Température de l'air extérieur dans l'ombre.	Température de l'air ambiant.	Déviation de l'aiguille aimantée.	Excès de température du spadice sur celle de l'air ambiant suivant le tableau *C*.	Température du spadice.	REMARQUES.
7		17°78	3°25	3°72	21°50	La plante a été arrosée avant les observations.
7½		18°33	4°38	4°94	23°27	
8		18°47	5°	5°25	23°72	Ciel serein, pendant toute la journée.
8½		18°75	5°25	5°44	24°19	
9		19°17	5°50	5°63	24°80	
9½		19°72	6°	6°	25°72	
10		20°	6°25	6°19	26°19	
10½		20°56	6°75	6°56	27°12	
11		id.	7°25	6°88	27°44	
11½		20°84	8°	7°25	28°09	L'émission du pollen a lieu.
Midi.		id.	8°50	7°63	28°47	
12½		21°11	9°	8°	29°11	
1		id.	12°	11°	32°11	
1½		id.	14°25	12°63	33°74	
2	18°33	id.	15°50	13°50	34°61	
2½		id.	16°25	14°19	35°30	
3		id.	16°50	14°38*	35°49	* Excès de temp. maximum du spadice sur l'air ambiant, 14°38, à 3 heures après-midi.
3½		20°84	14°	12°50	33°34	
4	20°	id.	12°	11°	31°84	
4½		id.	9°50	8°50	29°34	
5		id.	7°	6°75	27°59	
5½		id.	5°	5°25	26°09	
6		20°70	4°	4°75	25°45	
6½		id.	3°	3°38	24°08	
7		20°56	id.	id.	23°94	
7½		20°42	2°75	3°10	23°52	
8½		20°28	3°	3°38	23°66	
10		20°	id.	id.	23°38	

NB. Les températures sont indiquées en degrés du thermomètre centigrade.

Observations du 5 Septembre 1838.

Heures des observations.	Température de l'air extérieur dans l'ombre.	Température de l'air ambiant.	Déviation de l'aiguille aimantée.	Excès de température du spadice sur celle de l'air ambiant suivant le tableau C.	Température du spadice.	REMARQUES.
						Un écran de papier noir terne, fut placé le soir du 4 Sept. devant l'ouverture de la spathe.
6		19°44	3°	3°38	22°82	Ciel couvert, pluie fine.
6½		id.	id.	id.	id.	
7		id.	id.	id.	id.	Le soleil paraît par intervalles.
7½		id.	id.	id.	id.	Ciel couvert.
8	16°11	id.	id.	id.	id.	On déplace la pointe de l'aiguille de
8½		id.	4°	4°75	24°19	Le soleil reparaît. (α en β.
9	17°78	20°	3°75	4°41	24°41	
9½		20°14	4°	4°75	24°89	On arrose la plante.
10	18°89	20°42	4°50	5°	25°42	L'écran noir est retiré subitement,
10½		20°56	4°75	5°13	25°69	l'aiguille aimantée n'indique pas
11		id.	5°50	5°63	26°19	la moindre trace d'augmentation
11½	19°44	id.	id.	id.	id.	de température du spadice.
Midi.		id.	6°	6°	26°56	
12½		20°84	6°25	6°19	27°03	
1	19°44	21°11	7°	6°75	27°86	
1½		id.	8°50	7°63	28°74	Ciel couvert.
2	20°56	id.	11°	9°50	30°61	
2½		id.	16°	14°	35°11	
3		id.	22°75	20°31	41°42	
3½		20°98	25°	22° *	42°98	* Excès de temp. maximum du
4	21°11	24°50	21°50	42°61		spadice avec l'air ambiant, 22°
4½		id.	24°	21°	42°11	à 3½ heures après-midi.
5		id.	23°	20°50	41°61	
5½		id.	20°	18°38	39°49	
6		id.	16°50	14°38	35°49	
6½		id.	11°50	10°25	31°36	
7		id.	8°	7°25	28°36	
7½		20°56	5°	5°25	25°81	
8		id.	3°50	4°07	24°63	
8½		id.	3°	3°38	23°94	

Tableau C.

Observations du 6 Septembre 1838.

Déviation du galvanomètre.	Température du sable.	Excès de température du sable sur l'air ambiant.	REMARQUES.
30°	49°50	28°50	
29°	48°	27°	
28°	47°	26°	Température de l'air ambiant 21°.
27°	45°75	24°75	
26°	44°50	23°50	
25°	43°	22°	
24°	42°	21°	
23°	41°50	20°50	
22°	40°75	19°75	
21°	40°25	19°25	
20°	39°38	18°38	
19°	38°	17°	
18°	37°13	16°13	
17°	35°75	14°75	
16°	35°	14°	
15°	34°	13°	
14°	33°50	12°50	
13°	32°50	11°50	
12°	32°	11°	
11°	30°50	9°50	
10°	30°	9°	
9°	29°	8°	
8°	28°25	7°25	
7°	27°75	6°75	
6°	27°	6°	
5°	26°25	5°25	
4°	25°75	4°75	
3°	24°38	3°38	
2°	23°25	2°25	A partir de ce point, les observations sont incertaines, par une cause imprévue.
0°50	23°	2°00	
—0°50	22°	1°00	

Tableau D.

Observations du 20 au 24 Septembre 1838.

Jours et heures des observations.	Températ. de l'air ambiant.	Déviations de l'aiguille aimantée. Fleurs mâles.	Fleurs mâles avortées.	Excès de température sur celle de l'air ambiant. Fleurs mâles.	Fleurs mâles avortées.	Temp. des fleurs mâles.	Temp. des fleurs mâles avortées.	REMARQUES.
20 Sept. 11	18°06		7°		4°27		22°33	
	id.	22°		14°		32°06		
	id.		11°		6°36		24°42	
11¼	id.	20°5		12°88		30°94		
11½	id.	23°	12°50	14°75	7°36	32°81	25°42	
Midi.	id.	21°	14°63	13°25	8°83	31°31	26°89	On observe une très forte odeur.
12½	17°78	21°	15°75	13°25	9°49	31°03	27°27	
1	id.	18°	16°25	11°11	9°74	28°89	27°52	Le circuit fut un moment interrompu entre les observations.
1½	id.	20°	17°13	12°50	10°24	30°28	28°02	
2	id.	18°	17°50	11°11	10°61	28°89	28°39	
2½	id.	17°50	15°50	10°61	9°36	28°39	27°14	
3	id.	17°	15°	10°11	9°11	27°89	26°89	
3½	17°64	18°50	15°	11°43	9°11	29°07	26°75	
4	18°06	19°	14°25	11°75	8°55	29°81	26°61	
4½	17°50	18°50	12°	11°43	6°86	28°93	24°36	
5	id.	18°	10°50	11°11	6°11	28°61	23°61	
5½	id.	18°	11°	11°11	6°36	28°61	23°86	Le circuit fut interrompu pendant un instant après la dernière observation.
6	17°36	19°25	11°25	11°94	6°49	29°30	23°85	
6½	id.	19°	10°75	11°75	6°24	29°11	23°60	
7	17°22	17°75	9°	10°86	5°52	28°08	22°74	
8	id.	18°75	10°	11°59	5°86	28°81	23°08	
9	id.	16°25	8°50	9°74	5°33	26°96	22°55	
10	16°95	16°	9°	9°61	5°52	26°56	22°47	
11	id.	16°	8°	9°61	5°14	26°56	22°00	
21 Sept. 5½	16°11	10°	8°	5°86	5°14	21°97	21°25	
6	id.	14°	8°	8°36	5°14	24°47	21°25	
6½	id.	13°	7°50	7°86	4°71	23°97	20°82	
7	id.	13°50	7°	8°11	4°27	24°22	20°38	
7½	id.	14°25	8°	8°55	5°14	24°66	21°25	
8	id.	13°50	8°	8°11	5°14	24°22	21°25	
8½	id.	14°50	8°	8°74	5°14	24°85	21°25	
9	id.	15°50	8°	9°36	5°14	25°47	21°25	
9½	id.	16°	8°	9°61	5°14	25°72	21°25	
10	id.	16°25	7°75	9°74	4°92	25°85	21°03	
10½	id.	16°50		9°86		25°97		
11	15°97	16°		9°61		25°58		
11½	16°11	15°75		9°49		25°60		
Midi.	id.	16°25		9°74		25°85		

Jours et heures des observations.	Températ. de l'air ambiant.	Déviations de l'aiguille aimantée.		Excès de température sur celle de l'air ambiant.		Temp. des fleurs mâles.	Temp. des fleurs mâles avortées.	REMARQUES.
		Fleurs mâles.	Fleurs mâles avortées.	Fleurs mâles.	Fleurs mâles avortées.			
21 Sept. 1	id.	16°50		9°86		25°97		
2	id.	11°50	10°25	6°61	5°99	22°72	22°10	
2½	15°97	14°	11°50	8°36	6°61	24°33	22°58	
3	15°84	13°50		8°11		23°95		L'émission du pollen n'est pas encore observée.
4	id.	13°		7°86		23°70		
5	15°70	11°	23°	6°36	14°75	22°06	30°45	La fleur exhale une forte odeur.
5½	id.	11°	22°	6°36	14°	22°06	29°70	
6	id.	10°25	15°25	5°99	9°24	21°69	24°94	Ayant été obligé de faire cette observation à la lumière d'une bougie, nous vîmes plusieurs grains de pollen dans la spathe.
6½	id.	10°75	13°	6°24	7°86	21°94	23°56	
7½	15°56	7°25	8°	4°49	5°14	20°05	20°70	
8½	id.	6°	5°50	3°89	3°52	19°45	19°08	
9½	15°28	5°50	5°	3°52	3°14	18°80	18°42	
22 Sept. 6½	14°72	4°	3°	2°64	2°22	17°36	16°94	
7½	id.	4°	3°	2°64	2°22	17°36	16°94	
8½	id.	4°	3°	2°64	2°22	17°36	16°94	
10	15°	4°	3°	2°64	2°22	17°64	17°22	
11	15°84		4°		2°64		18°48	
Midi.	15°97		6°		3°89		19°86	
1	16°11	8°	13°	5°14	7°86	21°25	23°97	
2	16°25	9°	28°	5°52	19°11	21°77	35°36	
2½	16°39		29°50		20°24		36°63	
3	16°25	7°	25°50	4°27	16°24	20°52	32°49	
4	id.	4°	14°	2°64	8°36	18°89	24°61	
5	16°11		8°		5°14		21°25	
6	id.	3°	6°	2°22	3°89	18°33	20°	
7	id.	3°	3°	2°22	2°22	18°33	18°33	
23 Sept. 8	15°28	1°	1°50	0°97	1°35	16°25	16°63	
10	17°22	1°50	2°50	1°35	1°97	18°57	19°19	
Midi.	17°50	2°50	8°50	1°97	5°33	19°47	22°83	
1	17°78	2°50	13°	1°97	7°86	19°75	25°64	
2	id.	3°	18°	2°22	11°11	20°	28°89	
3	id.	1°50	15°	1°35	9°11	19°13	26°89	
4	id.	1°50	11°	1°35	6°36	19°13	24°14	
24 Sept. 10	18°89	0°	6°	0°	3°89	18°89	22°78	
11	19°44	0°	22°	0°	14°	19°44	33°44	
Midi.	id.	0°	24°50	0°	15°56	19°44	35°00	
1	19°17	0°	19°	0°	11°75	19°17	30°92	

Tableau H.

Observations du 23 Septembre 1838.

Température de l'air ambiant	Déviation de l'aiguille aimantée.	Température du sable.	Excès de temp. du sable sur celle de l'air ambiant.	REMARQUES.
18°89	41°	53°25	34°36	
id.	40°	52°25	33°36	
id.	39°	50°50	31°61	
id.	38°	49°	30°11	
id.	37°	47°50	28°61	
id.	36°	46°25	27°36	
id.	35°	44°75	25°86	
id.	34°	44°	25°11	
id.	33°	42°50	23°61	
id.	32°	41°25	22°36	
id.	31°	40°25	21°36	
id.	30°	39°75	20°86	
id.	29°	38°50	19°61	
id.	28°	38°	19°11	
id.	27°	37°25	18°36	
id.	26°	35°50	16°61	
id.	25°	34°75	15°86	
18°75	24°	34°	15°25	
id.	23°	33°50	14°75	
id.	22°	32°75	14°	
id.	21°	32°	13°25	
id.	20°	31°25	12°50	
id.	19°	30°50	11°75	
18°89	18°	30°	11°11	
id.	17°	29°	10°11	
id.	16°	28°50	9°61	
id.	15°	28°	9°11	
id.	14°	27°25	8°36	
id.	13°	26°75	7°86	
id.	12°	25°75	6°86	
id.	11°	25°25	6°36	
id.	10°	24°75	5°86	
18°61	9°	24°13	5°52	
id.	8°	23°75	5°14	
id.	7°	22°88	4°27	
id.	6°	22°50	3°89	
id.	5°	21°75	3°14	
id.	4°	21°25	2°64	
17°78	3°	20°	2°22	
id.	2°	19°50	1°72	
id.	1°	18°75	0°97	

4.

Jours et heures des observations.	Températ. de l'air ambiant.	Déviations de l'aiguille aimantée.		Excès de température sur celle de l'air ambiant.		Temp. des fleurs mâles.	Temp. des fleurs mâles avortées.	REMARQUES.
		Fleurs mâles.	Fleurs mâles avortées.	Fleurs mâles.	Fleurs mâles avortées.			
21 Sept. 1	id.	16°50		9°86		25°97		
2	id.	11°50	10°25	6°61	5°99	22°72	22°10	
2¼	15°97	14°	11°50	8°36	6°61	24°33	22°58	
3	15°84	13°50		8°11		23°95		L'émission du pol-
4	id.	13°		7°86		23°70		len n'est pas en-
5	15°70	11°	23°	6°36	14°75	22°06	30°45	core observée.
5¼	id.	11°	22°	6°36	14°	22°06	29°70	La fleur exhale une forte odeur.
6	id.	10°25	15°25	5°99	9°24	21°60	24°94	Ayant été obligé de
6¾	id.	10°75	13°	6°24	7°86	21°94	23°56	faire cette obser-
7¼	15°56	7°25	8°	4°49	5°14	20°05	20°70	vation à la lumière
8¼	id.	6°	5°50	3°89	3°52	19°45	19°08	d'une bougie, nous
9¼	15°28	5°50	5°	3°52	3°14	18°80	18°42	vimes plusieurs grains de pollen
22 Sept. 6¼	14°72	4°	3°	2°64	2°22	17°36	16°94	dans le spathe.
7¼	id.	4°	3°	2°64	2°22	17°36	16°94	
8¼	id.	4°	3°	2°64	2°22	17°36	16°94	
10	15°	4°	3°	2°64	2°22	17°64	17°22	
11	15°84		4°		2°64		18°48	
Midi.	15°97		6°		3°89		19°86	
1	16°11	8°	13°	5°14	7°86	21°25	23°97	
2	16°25	9°	28°	5°52	19°11	21°77	35°36	
2¼	16°39		29°50		20°24		36°63	
3	16°25	7°	25°50	4°27	16°24	20°52	32°49	
4	id.	4°	14°	2°64	8°36	18°89	24°61	
5	16°11		8°		5°14		21°25	
6	id.	3°	6°	2°22	3°89	18°33	20°	
7	id.	3°	3°	2°22	2°22	18°33	18°33	
23 Sept. 8	15°28	1°	1°50	0°97	1°35	16°25	16°63	
10	17°22	1°50	2°50	1°35	1°97	18°57	19°19	
Midi.	17°50	2°50	8°50	1°97	5°33	19°47	22°83	
1	17°78	2°50	13°	1°97	7°86	19°75	25°64	
2	id.	3°	18°	2°22	11°11	20°	28°89	
3	id.	1°50	15°	1°35	9°11	19°13	26°89	
4	id.	1°50	11°	1°35	6°36	19°13	24°14	
24 Sept. 10	18°89	0°	6°	0°	3°89	18°89	22°78	
11	19°44	0°	22°	0°	14°	19°44	33°44	
Midi.	id.	0°	24°50	0°	15°56	19°44	35°00	
1	19°17	0°	19°	0°	11°75	19°17	30°92	

Observations du 24 au 29 Septembre 1838.

Jours et heures des observations.	Température de l'air ambiant.	Déviation de l'aiguille aimantée.	Excès de température sur l'air ambiant.	Température des fleurs mâles.	REMARQUES.
24 Sept. 3 (après-midi.)	19°44	8°	5°14	24°58	
4	18°89	7°	4°27	23°16	
5	id.	7°50	4°71	23°60	
5½	id.	8°	5°14	24°03	
6	id.	id.	id.	id.	
7	18°75	•10°	5°86	24°61	
8	18°47	11°50	6°61	25°08	
9	id.	13°	7°86	26°33	
10	18°33	14°50	8°74	27°07	
11	id.	16°	9°61	27°94	
Minuit.	id.	17°50	10°61	28°94	
25 Sept. 5	17°78	19°50	12°13	29°91	
5½	id.	20°	12°50	30°28	
6	id.	id.	id.	id.	
6½	id.	19°50	12°13	29°91	
7	id.	id.	id.	id.	
8	18°47	20°50	12°88	31°35	
9	19°44	22°50	14°38	33°82	
10	20°28	id.	id.	34°66	
11	20°97	22°	14°	34°97	
Midi.	21°11	21°	13°25	34°36	
1	id.	19°	11°75	32°86	
2	id.	18°	11°11	32°22	
3	20°97	17°	10°11	31°08	
4	id.	18°	11°11	32°08	
5	20°84	id.	id.	31°95	
6	id.	id.	id.	id.	
7	20°56	17°	10°11	30°67	
8	id.	id.	id.	id.	
Minuit.	20°	19°	11°75	31°75	Temp. des fleurs mâles avortées 26 8G.
26 Sept. 8	18°61	16°	9°61	28°22	

4 *

Jours et heures des observations.	Température de l'air ambiant.	Déviation de l'aiguille aimantée.	Excès de température sur l'air ambiant.	Température des fleurs mâles.	REMARQUES.
26 Sept. 10	19°03	17°	10°11	29°14	
11	19°44	16°	9°61	29°05	Temp. des fleurs femelles avortées 24°58.
1	id.	14°	8°36	27°80	Temp. des fleurs femelles 21°66.
2	19°72	12°	6°86	26°58	Nous avons fait une incision dans la spathe , pour pouvoir introduire le point
3	19°86	10°	5°86	25°72	de soudure dans ces parties.
4	19°44	9°	5°52	24°96	
6	id.	6°	3°89	23°33	
9	19°17	5°	3°14	22°31	
11	18°89	4°50	2°89	21°78	
27 Sept. 6	18°33	3°50	2°43	20°76	
7	id.	4°	2°64	20°97	
8	18°61	3°50	2°43	21°04	
9	19°17	3°	2°22	21°39	
11	21°67	4°	2°64	24°31	Les fleurs femelles étaient humides , et
Midi.	22°22	id.	id.	24°86	leur temp. égale à celle de l'air ambiant.
1	22°78	1°50	1°35	24°13	Temp. des fleurs femelles avortées 26°11.
2	22°36	2°	1°72	24°08	Temp. des fleurs femelles 25°.
4	21°67	1°50	1°35	23°02	
6	21°11	2°	1°72	22°83	
8	20°84	1°	0°97	21°81	
10	20°56	0°50	0°49	21°05	
28 Sept. 7	19°58	2°	1°72	21°30	
9	19°44	1°50	1°35	20°79	
11	id,	1°	0°97	20°41	
Midi.	19°72	id.	id.	20°69	
2	id.	id.	id.	id.	
4	19°44	1°50	1°35	20°79	
6	id.	1°	0°97	20°41	
11	19°03	0°50	0°49	19°52	
29 Sept. 7	18°61	0°25	0°24	18°85	
9	18°75	0°	0°	18°75	

EXPLICATION DE LA PLANCHE.

Fig. I. Le spadice d'une *Colocasia odora* enveloppé de sa spathe. (*Grandeur naturelle.*)

   II. Section longitudinale d'une spadice.

  III. Une spadice.

     A—B. Fleurs mâles avortées.

     B—C. Fleurs mâles.

     C—D. Fleurs femelles avortées.

     D—E. Fleurs femelles.

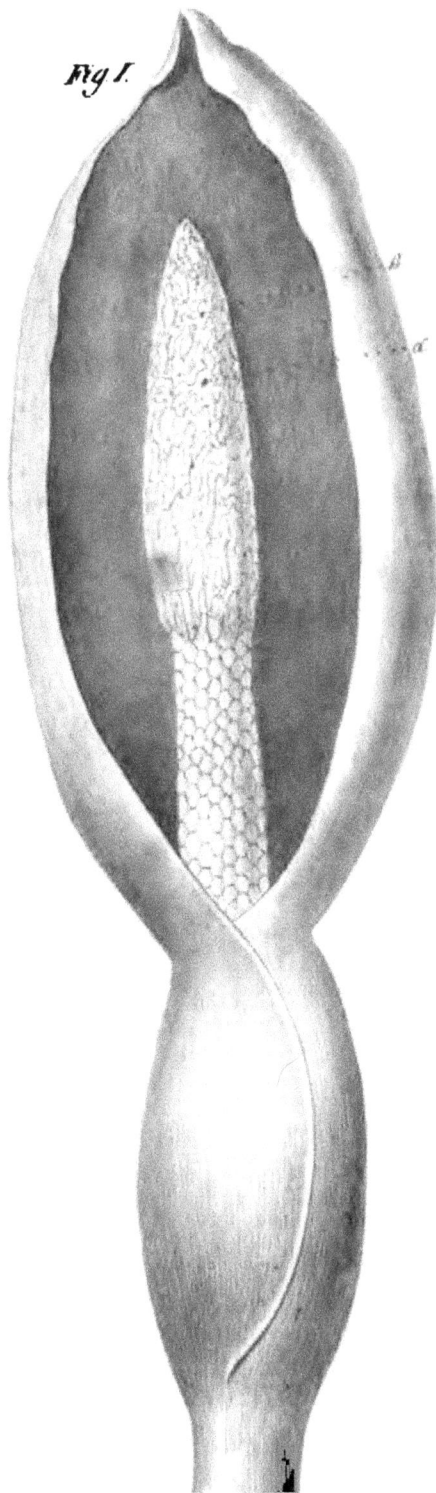

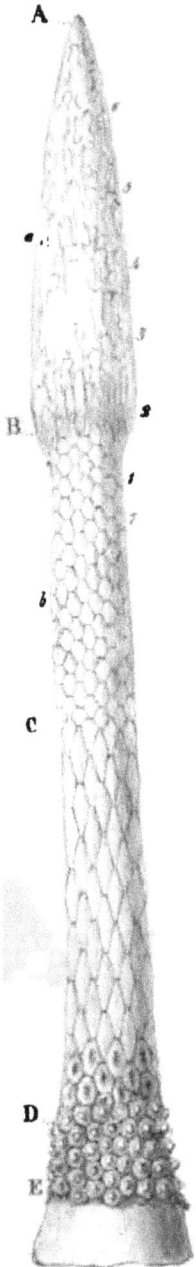

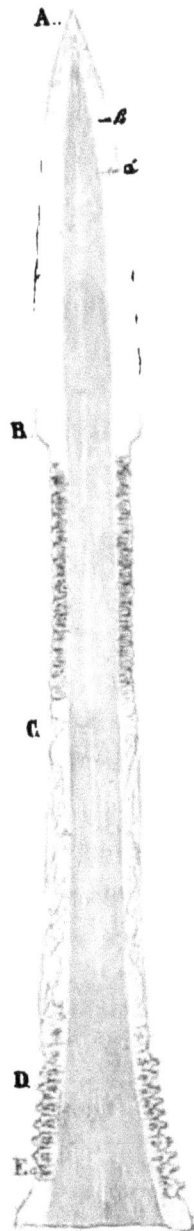

Fig. III.

Fig. I.

Fig. II.